親愛的鼠迷朋友，
　　歡迎來到老鼠世界！

謝利連摩・史提頓

Geronimo Stilton

《鼠民公報》
辦公室

謝利連摩‧史提頓

菲

賴皮

班哲文

老鼠記者

黑暗鼠恐怖事件簿
CHI HA RAPITO LANGUORINA?

作者：Geronimo Stilton　謝利連摩‧史提頓
譯者：鄧婷
責任編輯：吳金
中文版美術設計：劉蔚
封面繪圖：Larry Keys, Iacopo Bruno
插圖繪畫：Andrea Denegri, Christian Aliprandi
內文設計：Merenguita Gingermouse, Yuko Egusa
出　　版：新雅文化事業有限公司
　　　　　香港筲箕灣耀興道3號東匯廣場9樓
　　　　　營銷部電話：(852) 2562 0161
　　　　　客户服務部電話：(852) 2976 6559
　　　　　傳真：(852) 2597 4003
　　　　　網址：http://www.sunya.com.hk
　　　　　電郵：marketing@sunya.com.hk
發　　行：香港聯合書刊物流有限公司
　　　　　地址：香港新界大埔汀麗路36號中華商務印刷大廈3字樓
　　　　　電話：(852) 2150 2100　　傳真：(852) 2407 3062
　　　　　電郵：info@suplogistics.com.hk
印　　刷：C & C Offset Printing Co., Ltd.
　　　　　香港新界大埔汀麗路36號
版　　次：二○一一年四月初版
　　　　　10 9 8 7 6 5 4 3 2 1
版權所有 ● 不准翻印
全球中文版版權由Edizioni Piemme 授予
http://www.geronimostilton.com
Based on an original idea by Elisabetta Dami.

Editorial Coordination by Patrizia Puricelli.
Original Editing by Alessandra Rossi.
Artistic coordination by Roberta Bianchi.
Artistic assistance by Lara Martinelli, Tommaso Valsecchi.
Geronimo Stilton names, characters and related indicia are copyright, trademark and exclusive license of Atlantyca S.p.A. All Rights Reserved.
The moral right of the author has been asserted.
No part of this book may be stored, reproduced or transmitted in any form or by any means, electronic or mechanical, including photocopying, recording, or by any information storage and retrieval system, without written permission from the copyright holder.
For information address Atlantyca S.p.A., Italy - Via Leopardi 8, 20123 Milan, foreignrights@atlantyca.it
www.atlantyca.com
Stilton is the name of a famous English cheese. It is a registered trademark of the Stilton Cheese Makers Association. For more information go to www.stiltoncheese.com
ISBN: 978-962-08-5344-9
©2008-Edizioni Piemme S.p.A　20145 Milano (MI), Via Tiziano, 32
International Right © Atlantyca S.p.A. Italy
Chinese Edition ©2011 Sun Ya Publications (HK) Ltd.
9/F, Eastern Central Plaza, 3 Yiu Hing Road, Shau Kei Wan, Hong Kong
Published and printed in Hong Kong

老鼠記者 Geronimo Stilton

黑暗鼠恐怖事件簿

謝利連摩·史提頓
Geronimo Stilton

新雅文化事業有限公司
www.sunya.com.hk

目錄

多愁 · 黑暗鼠

謝利連摩的女鼠朋友

馬克斯 · 坦克鼠

謝利連摩的爺爺

繡球 · 花菊鼠

黑暗鼠信得過的花店老闆

葉綠 · 綠色鼠

率領戰爭花的邪惡鼠

深夜的奇怪電話……

　　那是一個月黑風高的冰冷夜晚。我正美滋滋地鑽在**熱乎乎**的被窩裏睡覺，被子一直蓋過鼻頭。

　　我睡着睡着，甚至還輕輕地**打着呼嚕**，突然一陣電話鈴聲把我從夢中驚醒：

　　「叮鈴鈴鈴鈴鈴鈴鈴～」

我迷迷糊糊地摸到眼鏡戴上，一看時間：凌晨三點！

　　我**嚇**得心都快跳出來了。我拿起電話，盡量保持冷靜，可還沒等我開口講話，一把沙啞的聲音就響起了：

「快──，謝利連摩──，快去你的辦公室──！」

　　我心驚膽戰地說：「可你是誰啊？為什麼我必須這個時間去辦公室呢？現在是凌晨三點！」

　　那個沙啞的聲音**大聲嚷道**：「哪來那麼多問題，你去了就明──白──了！！！」

　　我掛上電話，心怦怦亂跳！事已至此，我決定乾脆去弄清楚究竟是怎麼一回事。我急急忙忙穿好衣服，**衝**出家門，在這個月黑風高的冰冷寒夜，走在空無一人的街上。

空無一人的大街真的好**恐怖**啊!

我來到《鼠民公報》大樓,進門開燈,燈卻不亮。

好奇怪!

難道是*燈壞了*……

我隱約看到門口有一根蠟燭。

好奇怪!

蠟燭旁邊有一張 小字條。

我拿起字條,借着從窗外透進來的路燈的光亮看起來。

上面寫着:「謝利連摩,把蠟燭點燃!」

我心想這倒是個好主意，因為我怕黑！

然後，借着微弱的燭光，我顫巍巍地穿過空無一人的編輯部。

耳邊響起我的恐怖的腳步回聲：

「噠…… 噠…… 噠……」

走到辦公室門口時，我的鬍子在顫慄，膝蓋在發抖：誰知道是誰呢！說不定更糟，誰知道裏面到底是什麼東西在等着我呢？

我轉動門把手……慢慢地打開門……

木門傳出恐怖的聲音，我的血液頓時凝固：

「吱———嘎———!!!」

好奇怪！

以前，門從來沒有這樣吱嘎作響過！

我鼓起勇氣走進去。

我顫巍巍地走到自己的辦公桌前坐下，心怦怦亂跳。

真是黑得嚇人啊！

就在此時，我注意到辦公桌上有一個**奇奇怪怪的東西**，白白的，圓圓的，我以前從沒見過。

我伸手去拿。

緊接着，我發出一聲尖叫：

「啊啊啊啊啊啊啊啊！」

我好可憐！那是一個**骷髏頭**！

骷髏頭的牙齒間夾着一張小字條，我用嚇得發抖的**手爪**撿起字條，上面寫有一條奇怪的訊息：

「謝利連摩，快寫！！！」

我好困惑：深更半夜，這麼黑，我該寫什麼嘛？

就在這時，我正對的牆上映出一個讓鼠害怕的巨大**影子**，發出低沉的聲音：

「我來告訴你該寫什麼：一本讓鼠**害怕**的書……！」

那一刻，我再也支撐不住，嚇得暈了過去！

現在開始「害怕」工程！

當我蘇醒時，首先映入我眼簾的是一副不鏽鋼眼鏡、一雙不鏽鋼色的**眼睛**、兩彎不鏽鋼色的濃密**睫毛**、兩撮桀驁不馴的**小鬍子**。

是我的爺爺**馬克斯·坦克鼠**！

　　我當時的第一反應是：深更半夜，爺爺在這裏做什麼？

　　我坐下來重新整理思緒，突然**靈光**一現，一切都明白了：深夜的電話、原先不亮而現在又奇怪地亮起來的燈光、信息、嚇人的影子、幽靈般的聲音……

　　全部都是**他**一手策劃的！

　　我還沒來得及開口問他為什麼要這樣做，他已經湊到我的耳邊尖聲說：「乖孫兒，你**害怕**了，對不對？其實沒什麼好害怕的，對不對？現在，一切都結束了，而你終於**鬆了口氣**，對不對？你瞧，這就是恐怖書的秘密，讓鼠**害怕**的書的秘密……」

　　他目光如炬地瞪着我說：

　　「乖孫兒，這就是你應該做的：**寫，寫**，還是**寫**！」

「可我已經在這麼做了，爺爺。我確實是從早到晚寫個不停呀！」

「沒錯，不過你還沒有寫出我要的，也就是……嗯，出版社要的東西：一本讓鼠害怕的恐怖書，一面讓鼠害怕，一面又讓鼠發笑的書！萬聖節前必須完成，也就是一個星期後。否則，我會收回《鼠民公報》。馬克斯・坦克鼠絕無戲言！」

我還想反抗：「可是，爺爺，我寫的是歷險故事、搞笑的故事、讓鼠夢想的故事……我不會寫讓鼠害怕的故事。總之，我不知道從何處着筆啦！」

「正因如此，我才讓你在漆黑的深夜來這裏：就是想激發你的靈感！不過，乖孫兒，你可用不着謝我，我心甘情願為你做這麼多……」

　　「我倒真的沒想過要謝謝你，我剛才差點被你嚇**死**……」

　　「太好了，我就是想達到這個效果。乖孫兒，現在你可以重新點燃**蠟燭**了！」

　　我點燃蠟燭，正要問他其他什麼事情，他卻已經像一陣**旋風**一樣離開辦公室了，門被帶上了，而且被從外面反鎖了。

　　隨即，燈又**滅**　了，辦公室回到漆黑一片。

乖孫兒，
可別再說我不為你着想喔！

我衝到門前大聲嚷道：

「開門，爺爺！我不想深更半夜一個人被**關**在這裏。我保證我會寫恐怖書的，不過你得放我**出去**！」

門外傳來爺爺的聲音：「不行喔，乖孫兒，如果我不這樣做，你就不能集中精力，就會失去靈感喔！不過，你**放心**，我全都安排好了：我給所有員工放一個星期假，這樣就沒有人會來打擾你了。」

說完，門底部突然打開一個**小縫**，爺爺從外面推進來一壺**水**和一塊**麪包**。

他很滿足地說：「過來拿這些東西吧！可不要吃太多，會**消化不良**喔，那樣你就不能集中精力了。」

我還想反抗，但是已經沒用了：他的腳步聲**漸漸遠去**，在黑暗中響起恐怖的回聲。

到了這個份上，我能做的就只有以最**快**的速度寫出那本書！

我坐在辦公桌前，緊張得鬍子一直在**發抖**。我拿起紙筆開始寫。

乖孫兒，可別再說 我不為你着想喔！

　　我嘗試了上千種 **不同** 的開頭，但是沒有一個，真的沒有一個讓我滿意……

　　我把它們統統 **揉作一團**，一個接一個地扔進廢紙簍。很快，我就被埋在一座紙山下！

　　什麼 也做不了：我根本連恐怖書的開頭都寫不出來……

　　我真的好 **沮喪**。

嗒，嗒，嗒……

　　突然，我聽到有東西在**敲**窗户。

　　我好奇地走過去把窗户打開，真的看見一個意想不到的東西：一隻小**蝙蝠**，雙爪提着一個**長方形**的白色包裹，看起來很吃力的樣子。

那是一疊用紫色**絲帶**綑紮的稿紙。

好奇怪！

小蝙蝠朝着辦公室「之」字形*飛*來……

他停在我的辦公桌上空，鬆開爪子，放開包裹，只聽見一聲巨響：「**嘭——！**」

他長吸一口氣，然後尖聲說：「唉，終於送到了！我快受——不——了——了——！！！」

我走過去，遞給他一小口爺爺給我準備的水。他**累壞了**！

誰知道他飛了多久呢！

一等他恢復元氣，我就好奇地問他：「你是誰？帶這麼多稿紙來這裏做什麼？」

他尖聲回答我，差點沒把我耳膜震破：
「咦——，你你你不認——識我啦？是我——，
小福——！是你女朋友**多愁**派我來的！」

「停，等一下，我**根本沒有**女朋友。」

「哎呀，不要這樣啦！史提——頓，你不
——承認也沒——用，是我——的小——主人
親口告訴我的！」

「瞧，就錯在這裏！是她自以為是我的
女朋友……」

「好啦——，史提頓，別囉唆了。她讓我
把這份手稿交給你。她說你必須給她出版，明
——白了嗎？」

然後，小蝙蝠一邊尖叫着，一邊**飛**出窗
外走了：

「嗯——，史提——頓！別讓我的小——
主人失望，否則我會過來拔掉你——的鬍子，
明——白了嗎？」

我探出腦袋剛想回答他，可是他早已在黑夜中飛遠了。

　　在這個月黑風高的冰冷夜晚，就只差被多愁・黑暗鼠折磨了！

　　不管怎樣，我拿起那綑紮着紫色絲帶的手稿讀起來——我非常、非常地好奇！

誰綁架了小憂？
多愁·黑暗鼠 著

獻給謝利連摩·史提頓

多愁·黑暗鼠……
就是我！

月光照耀着**墓地**，我鑽進幽靈般的**薄霧**中。夜霜**滴**下枝頭，落在**青苔斑斑**的墓碑上。

多愁日記

那是一個幽靈般**美好**的鬼魅之夜，在黑暗鼠家族的骷髏城堡——*我*家族的古老城堡，因為*我*就是**多愁・黑暗鼠！**

你們大概聽別人談論過我：我是老鼠島上最著名的舞台設計師，並同時兼做導演，專做——驚悚電影！

那天，我原本要去領取驚悚電影節**大獎**的！

骷髏鬧鐘響起憂傷的**《葬禮進行曲》**。

半夜12點，該起牀了！

我們骷髏城堡的所有鼠都是半夜12點準時起牀！

我——躺在鋪着紫色牀單的公主牀上伸個懶腰。

和往常一樣，我首先想到的是*謝利連摩・史提頓！*

我撥通他的手提電話。

「喂——？謝利連摩嗎？是我，多愁！我剛起牀，*立刻*就想起你了，你開心嗎？」

他抗議道：「為什麼你總是半夜給我打電話？」

我怯怯地說：「你的多愁送你一個輕輕的吻。拜拜！」

說完，我掛斷電話。

木乃伊精華香水和 地穴水晶泡沫乳

我用**黑蠍牙膏**刷牙，滑進布滿**地穴水晶**泡沫乳的浴缸裹！我往臉上塗抹**蟲牌美容霜**。

哇，太舒服了！

我往臉上擦**龍骨粉**，唇上抹**女巫藍莓紫色唇膏**，指甲上塗指甲油。我梳理一頭引以為傲的飄逸長髮，再噴上**蟾蜍唾液定型水**。

我在兩邊耳根後噴上兩滴**木乃伊精華香水**。

我從衣櫃裏挑出一件帶錦緞斗篷的真絲長裙。

我在脖子上掛一條**半月形純金項鏈**。

梳妝完畢，我前往廚房吃早餐。

我最喜歡的香水！

蝙蝠茶和螞蟻忌廉

一走進廚房，我立刻產生一種……

我的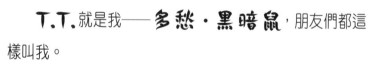（對，我真的和貓一樣有第六感）告訴我城堡裏少了*什麼東西*。

嗯，會是*什麼*呢？

炆燉鼠先生給我倒上一杯蝙蝠翅茶。

「**T.T.**，恭喜你榮獲驚悚電影節 **大獎**！」

T.T. 就是我——**多愁·黑暗鼠**，朋友們都這樣叫我。

「謝謝！」我一面微笑，一面把一小塊羊角麵包浸在茶裏。發黴的麵包，香噴噴的，裏面塞有蜘蛛網醬和螞蟻

忌廉。

他端來剛剛**燉**好的小餅乾……

他為我做了一隻**燉**蛋……

他為我拌好**燉**過的牛奶果汁。

真香！

不過那種**異樣的感覺**還是揮之不

去……

燉小餅乾好香啊！

一切正常，鬼魅如常！

我用皮繩拴住 **卡夫卡**——我家養的蟑螂，牽着牠到外面的城堡公園尿尿。

然後，我扔給牠一根小骨頭，牠高興地叫個不停。一切看起來都很*正常*，也就

是說⋯⋯

鬼魅如常！

食鼠魚缸也很安靜，食鼠魚們時刻準備 **吞食** 妄想偷偷潛入的小偷！

游泳池裏的水也很**平靜**（只有我們家族的鼠知道有好幾條飢餓的鱷魚埋伏在

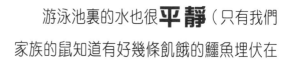

呼——呼——！

嘶！

池底）。

　　小福，我摯愛的蝙蝠，還倒掛在那裏鼾聲四起。

　　溫室裏的食肉小草莓在那裏**貪婪**

地啃着帶骨牛扒。

嗯吃——！

　　我聽到城堡的地牢中 *有鼠* 在喊叫

（誰知道為什麼呢？嗯？）

　　我向爸爸**殯葬**問

好，他正在殮葬他的新客戶……

早安，T.T.！

　　我親吻祖母**地窖**，她在餵她的德

洛麗絲，那隻危險極了

的巨大毒狼蛛……

早安，T.T.！

　　我看見遠處

的**爺爺科學**

怪鼠，正全神貫注地在他的埃及木

早安，T.T.！

乃伊博物館裏忙碌着。

蘭湯鼠夫人拉着小提琴，琴聲哀

婉憂傷，伴隨着她那隻兇猛

的金絲雀**卡魯素**的叫聲……

早安，T.T.！

我看見**炆燉鼠**

先生正在四處翻找新鮮的蟑螂

做**燉品**……

早安，T.T.！

我和**管家鼠**聊了幾

句，他在擦拭家裏的銀製

餐具。

早安，
黑暗鼠小姐！

我聽到**那東西**

在環繞城堡的護城河裏

冒泡的聲音（誰知道

他在煮什麼呢？）。

我瞥見雙胞胎兄弟 **史力**和**史納**正在電腦前設計一個非常搞笑的程式……

早安，T.T.！

還有我的侄女**心慌慌**。她一邊寫着她的**私密日記**，一邊撫摸着她的變色龍**玉米餅**。

早安，T.T. 咕咕！

Baby剛剛睡醒，哭鬧着要吃**燉**米粥。

一切看起來都很*正常*，也就是說

哇——哇——！

……

鬼魅如常。

然而，剛剛走出城堡，卡夫卡便開始叫個不停。

我隨即看到吊橋前有奇怪的腳印……好像有*東西*被強行從那裏拉走了！

一切正常， 鬼魅如常！

我發現一片撕裂了的葉子！

還有一把紅色牙刷！

我這才恍然大悟。

城堡裏確實少了*什麼*。

少了……**小憂！**

小憂，我們摯愛的看門花，我們用最美味的小食精心餵養着的看門花（*蚯蚓小肉丸、蠅蟲醬、蛙蛇片*）。她消失了，就好像……

黎明時分第一縷光亮下的幽靈！

小憂

她是誰： 學名*恐怖齒狀食肉花*，綽號「小憂」，黑暗鼠
　　　　家族的看門花，長着肥厚多肉的尖齒花瓣。

她的秘密： 收集了許多自己十分珍愛的紅色牙刷。

多愁日記

？？？

黑暗鼠緊急警報！

管家鼠在整個城堡播放一則錄製好的通告：

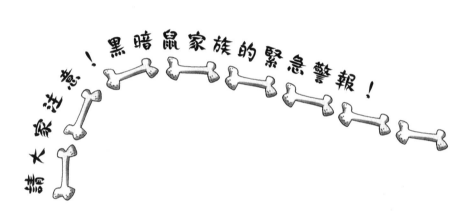

爺爺下令：「**以一千個撕去裹布的木乃伊起誓！**黑暗鼠家族集合！立——即——集——合——！」

我們四處尋找小憂。

沒有⋯⋯沒有⋯⋯沒有⋯⋯**沒有！**

我再說一遍⋯⋯⋯這是黑暗鼠家族的緊急警報！

緊⋯⋯

急⋯⋯

警⋯⋯

報⋯⋯

！！！

我怒氣沖沖地說：「**以一千隻醃蝶螈起誓**！如果讓我捉到綁架小憂的傢伙，我一定會立刻把他剁成**肉醬**！」

祖母大叫道：「我要把他拿去餵蜘蛛！」🕷🕷🕷！

爺爺厲聲說：「我要把他做成 **木乃伊** ！」

炆燉鼠先生喊道：「我要把他扔進**燉鍋**裏燉————！**嗷嗷**！」

蘭湯鼠夫人打電話給所有的鄰居打聽小憂的消息。

與此同時，爺爺鄭重宣布：「現在，我們需要召開**家庭特別會議**，並決定誰去尋找小憂！」

我們在藏書室集合，舉手爪投票（我們一直都是這樣做決定的）。

投票結果出來了：大家推選我去尋找小憂！

爺爺又說：「雖然我平時*省錢省到骨子裏*，但這一次為了找回小憂，我們要不惜一切代價！她是我們家族的一員！親情是不能用金錢來衡量的！」

F.T.，也就是我的家族——**黑暗鼠家族**，是一個非常團結的家族。

我們彼此相親相愛。這一點尤其在關鍵時刻更能體現！

然後，管家鼠打開 **保險箱**，裏面存放着黑暗鼠家族最珍貴的珍寶，可以追溯到 *公元一一一三年！*

我去取些金幣！

管家鼠開着一輛網車，從保險箱裏取出許多金幣。

「黑暗鼠小姐，您覺得這些夠用了嗎？」

爺爺在藏書室查閱所有關於食肉植物（就像小憂一樣）的書籍。

他遞給我厚厚一本舊舊的皮製線裝書。

我打開書認真地讀起來……

食肉植物

**S**須以小動物餵養，尤其是昆蟲（因此也被稱作「食蟲植物」）。生長於土地貧瘠、缺少礦物鹽的環境中，例如沼澤、岩石和沙漠地帶。數千年來，為了在這樣的環境中存活，該類植物的葉子慢慢進化成誘捕並吞食小動物的捕蟲器，這些小動物為植物生長提供了不可或缺的氮和磷。現存500多種食肉植物，最常見的有：捕蠅草、茅膏菜、瓶子草、捕蟲菫、豬籠草和狸藻。食肉植物彼此之間也有很大差異：可以細小得如針尖一樣，也可以高達好幾米；可以是綠色的，也可以是彩色的；可以是開花的，也可以是無葉的；可以是水生的，也可以是陸生的。

小毛氈苔長着許多籽。

捕蟲機制

食肉植物進化出多種捕捉和吸食小動物的機制。*捕蟲器儘管都位於葉子或芽上，但是卻具有不同的捕蟲機制。*

最常見的機制有以下幾種：

——**夾狀捕蟲器**：當有昆蟲碰觸，葉子會迅速彈起閉合，將昆蟲夾住，然後消化吸收。有一種非常獨特的植物擁有這種捕蟲器，那就是*捕蠅草*。

捕蠅草，
別名「維納斯的捕蠅陷阱」，
是最為人們熟知的食蟲植物。

——**黏液捕蟲器**：葉子可以分泌一種黏液，黏住碰觸它的昆蟲。然後，葉子會自動閉合，包住蟲子並吸收。使用這種捕蟲器的植物有兩種：*捕蟲堇和茅膏菜*。

——**瓶狀捕蟲器**：瓶狀葉是一種形狀很特別的葉子，呈倒置的錐形。昆蟲一旦掉進葉子裏，就再也無法出去，然後被慢慢吸收。通常，圓錐的開口處或色彩鮮艷，或能分泌花蜜吸引獵物。擁有這種捕蟲器的植物有*豬籠草和瓶子草*。

叉葉毛氈苔
長着尖尖的葉子，
分泌黏液，形成一種類似
蜘蛛網的裝備。

黃瓶子草
擁有製造花蜜的
錐形葉。

比身背火箭的蝙蝠還要快！

這次尋找一定不會那麼容易，我需要所有的緊急裝

備！我雙爪提着**波紗包**——*特別*的

黑暗鼠家族在*特別*時期使用的*特別*的包

包！

我跑到車房，那裏停放着我家所有的

運輸工具。

我毫不猶豫地跳進我的最新款——超豪華殯葬開篷車

——圖博拉比3000！

這部車真的是個厲害傢伙：

擁有三千大鼠力的發動機！

嗚——嗚——嗚——！

比身背火箭的 蝙蝠還要快！

我搖了搖蟑螂專食小杏仁餅的盒子，卡夫卡隨即跳到了我的身邊。

就這樣，我出發了，飛快地……

蟑螂專食
小杏仁餅

比身背火箭的蝙蝠還要快！！！

特別的黑暗鼠家族在特別時期使用的特別的包包！

包包裏有所有緊急狀況需要的物品！

- 黑色緊身服：用來在暗處隱形！
- 紅外線眼鏡：用來在夜間透視！
- 吸盤鞋：用來像蒼蠅一樣在牆壁上攀爬！
- 假髮（金色、紅色、黑色）：用來喬裝打扮！
- 各類眼鏡：用來喬裝打扮！
- 帶鋼鉤的無比結實的繩子：用來攀爬！
- 無比結實的超級細網：用來抓捕居心叵測者！
- 無痕筆：用來寫隱形訊息！
- 內置攝錄機的機械蟑螂：用來秘密偵察！
- 強力電筒：可以照亮一公里遠！
- 彩色隱形眼鏡：用來改變眼鏡的顏色，與假髮顏色保持一致！
- 頂級配製的埃及石棺狀衛星手提電話！
- 衛星連接網絡的微型手提電腦！
- 可拉伸跳高用撐竿！

吸——血——鬼——！

從哪裏開始調查呢？

或許我應該登一則電視啓事，或者廣播啓事，或者在報紙上……

嗯——，多愁的想法真不錯！

我前往*謝利連摩·史提頓*那裏求救：有時候，有一個經營報紙的男朋友還是很有用的！

謝利連摩經營的《**鼠民公報**》是老鼠島上最有名氣的報紙。

我抵達妙鼠城時還是深夜。我在老鼠大街八號門前停下車。

這裏住着我的男朋友，親愛的謝利連摩。

我給他打電話……但這個鬼靈精居然把電話線拔了！

我用手提電腦*給他發電郵*……但他居然離線！

我按門鈴……沒有回音！

我不以為然地哼笑一聲。

這個癡心妄想的傢伙……

他以為這樣就能阻止我嗎？

我喜歡挑戰！

從——來——沒有*任*——*何*——鼠、沒有*任*——*何*——*東*——*西*可以阻止我！

我把卡夫卡留在車裏。

我順着一株植物往上爬，一直爬到他家的窗台。

窗戶開着……

我像貓一樣，悄無聲息地潛入他家。

我走到謝利連摩的牀邊，斗篷在身後飄舞。

我彎身在他脖子上輕輕一吻，低聲喚道：

「謝利連摩……」

他大叫一聲，跳了起來。

「吸——血——鬼——！」

我打開電筒，照着他的瞳孔。

「哎呀，*小乖乖*，是我，多愁！」

謝利連摩……

他嚷道：「我差點暈過去！我看見一個東西飄進來……然後趴在我的脖子上……他好像，就是你好像，*真的*好像吸血鬼，你知不知道呀？」

我搖着他說：「小乖乖，快起來，你得幫我！」

吸——血—— 鬼—！

吸——血——鬼——！

是我，多愁！

　　謝利連摩喘着氣說：「*以一千個莫澤雷勒乳酪發誓*，我好想睡覺！你半夜12點已經把我吵醒過一次⋯⋯為什麼要糾纏我？」

　　我對着他的耳朵尖聲說：「我們—— 快去《**鼠民公報**》吧！趕緊攔下他們，先不要印刷今天的報紙！你得在頭版刊登小憂的照片！附上大標題：『誰見過她了？』。」

　　謝利連摩喘着氣說：「不管不管，我好睏！」

　　於是，我放聲大哭：「幫幫我，求你了！小憂被綁架了！」

　　我從來不哭的。

　　我向你們發誓，從—— 來——不！

多愁日記

　　因此，謝利連摩看見我流淚，明白了事態有多麼**嚴重**。

　　他心軟了，安慰我道：「多愁，我一定幫你，朋友就得在這個時候發揮作用，在你困難的時候支持你！」

　　然後，他通知編輯部有緊急情況。

　　我們一起出門，我開車載着他一同前往《**鼠民公報**》！

……我開車載着他一同前往《鼠民公報》、

多愁日記

嗯⋯⋯，
很詭異！！！
嗯⋯⋯，很詭異！！！

我把謝利連摩送到《鼠民公報》樓下。

整個大樓燈火通明，因為日報在夜間印刷！

謝利連摩向我保證：「你放心吧。我們會把小憂的照片登在頭版。你一個小時後再來，到時候我會把新鮮出爐的第一份報紙給你！」

我決定在城裏走走轉轉，看看能不能找到什麼蛛絲馬跡。

我注意到一隊**神秘**的綠色小卡車，車身上印着**神秘**的圖案：一朵齜牙冷笑的**神秘**花朵。

從綠色小卡車裏……

下來一些園丁……

他們栽種起神秘的植物！

我發覺車輪留下的**神秘**車痕也是**花朵形**。

嗯……，很詭異！！！

卡車停在城區的中心廣場上。

從車裏走下一隊隊穿着綠色工作服的**神秘**園丁，他們在整個城區的花壇和花盆中栽種起長着藍色花瓣和帶刺葉子的**神秘**植物。

嗯……，很詭異！！！

然後，我經過**繡球·花菊鼠**的花店。花菊鼠是黑暗鼠家族信得過的花店老闆。他的「**老鼠花店**」櫥窗裏掛着一塊**神秘**的牌子。

關門
休假
至……
誰知道什麼時候？

多愁日記

繡球怎麼會不通知我們就跑去度假呢？

嗯……，很詭異！！！

當我穿過港口區時……

其中一棵長着藍色花瓣的植物跳出花盆，朝我咬過來！

咔嚓！

我這才明白，這是一棵食肉植物！

不僅這一棵是，它們全部都是！

我朝四周看了看：這些植物從花壇、花盆和窗台上的花箱裏跳了出來。

它們迅速地移動着，用尖牙和帶刺的葉子叮咬經過的老鼠。它們組隊進攻，所有老鼠都嚇得四處逃竄！

史提頓先生有女朋友？？？

我決定立刻告訴謝利連摩。

這是一條非常有價值的新聞。

我跑進《**鼠民公報**》大樓：「我是**多愁·黑暗鼠**，謝利連摩的女朋友。你們告訴我男朋友，也就是謝利連摩，叫他趕──緊──過來！」

所有鼠都吃驚（且興奮）地竊竊私語：

「史提頓先生有女朋友？」

「可是，從什麼時候開始的？」

「可是，為什麼呢？？？」

「可是，是誰呢？？？」

「這消息太難以置信了！」

「超級熱點新聞耶！！！」

「趣味十足的八卦新聞耶！」

「吱吱， 吱吱， 吱吱吱吱吱吱……」

「吱吱吱， 吱吱吱， 吱吱吱吱」

「吱吱吱吱吱吱， 吱吱吱吱吱， 吱吱吱吱吱吱吱吱吱吱吱……」

多愁日記

謝利連摩終於出現了，**尷尬得漲紅了臉**，畢粉紅陪着他（應該是拽着他）。畢粉紅是他在編輯部的助理（也是我親愛的朋友）。

謝利連摩嘀咕着說：「嗨，多愁，求求你，別到處說你是我女朋友，我……」

我 ✂ 打斷 ✂ 他的話：「謝利連摩！發生了一件很**神秘**的事情！一支食——肉——植——物——軍——入侵我們的城市了！」

謝利連摩！

　　他大吃一驚，問道：「你說什麼？一支軍隊？食肉植物的？這可是《鼠民公報》的**獨家新聞**啊！」

　　他衝着印刷鼠喊道：「所有鼠都停下！暫停印刷，我們要在今天的報紙上插入一條**神秘新聞**：食肉植物軍入侵我城！」

　　他稱讚道：「多愁，你真是太了不起了！」

　　過不了多時，我離開編輯部，手爪中緊握着我的新一期《**鼠民公報**》，上面刊登着兩則**神秘**新聞：小憂**失蹤**……與此同時，食肉植物軍**出現**！

鼠民公報

誰看見了她？

　　我登上我的殯葬車，繼續四處尋找我的小憂。天還是漆黑一片，不過黎明將至……

嗚—嗚—嗚—！

多愁日記

妙鼠城：幽靈城！

我在街上轉啊，轉啊，轉啊。

連小憂的一朵花瓣碎片也沒找到，連一片葉子的痕跡也沒找到。

然而，食肉植物軍侵入街道，沒有鼠敢出門。妙鼠城倒像是一座**幽靈城**！

嗚——嗚——嗚——！

我停下車，打開裝在儀表盤下面的衛星小電視。

新聞報道員的臉色像幽靈一樣蒼白。

他嚇得結結巴巴地報道：「今夜，妙鼠城遭到一支食肉植物軍入侵，該軍飢腸轆轆，不斷襲擊我們的居民。

全民公告：

待在家裏，關好門窗。

我再說一遍：*待在家裏，關好門窗！*」

然後，他尖叫道：「哎呀啊啊啊啊啊啊啊啊啊！」

一棵食肉植物剛剛咬住了他的耳朵！

墓地後面的怪屋……

　　我聽到《**老鼠天空交響曲**》的前奏《**憂傷曲**》的旋律響起！

　　這是我手提電話的鈴聲！

　　我打開**波紗包**亂找一氣。

　　「喂——？」

　　「喂，是T.T.嗎？」

　　是我爺爺從黑暗鼠城堡打來的電話。

　　我告訴他還沒有小憂的蹤跡，接着便掛斷電話。

手提電話又響了：「喂——！是多愁小姐嗎？我是墓地管理員。我認得《鼠民公報》上您刊登的照片！我看到她隨着一輛綠色的小卡車經過。小卡車的輪胎在地上軋出花朵形車痕。您那棵植物向我求救，從車窗扔出一把紅色牙刷。」

我焦急地問道：「小卡車開往哪裏去了？」

多愁日記

「不清楚啊！我只看到車朝着 **墓地後面的怪屋** 的方向駛去……對，那棟房子沒有鼠願意租，荒廢多年了……聽說被施了魔咒……」

我謝過他，匆匆朝墓地趕去。

滿滿的月光映出 **怪屋** **幽靈般的輪廓**。

我很熟悉那棟房子，小時候經常去那裏玩耍，我喜歡那裏的焦慮氣氛。

我喜歡刺激的感覺！

怪屋 看上去久無鼠住。

我走進去，**安靜如一隻腐爛的老鼠，** 迅速如一隻 ***飛翔的吸血鬼***。

一切和我記憶中的一樣！

是的，這棟墓地後面的怪屋，和我記憶中的一模一樣，有着美好的鬼魅氣氛：傢具*還是*用牀單蓋着，在半明半暗的光線中顯得非常鬼魅⋯⋯木地板*還是*不停地吱嘎亂響⋯⋯牆上*還是*貼着黑白碎花的牆紙⋯⋯閣樓上*還是*迴蕩着貓頭鷹憂鬱的叫聲⋯⋯天花板上*還是*映出駁鼠的**影子**！

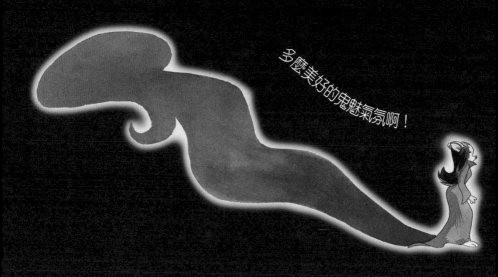

多麼美好的鬼魅氣氛啊！

是誰擾了我的清夢……

一個幽靈朝我飄來，晃動着一條雪白的牀單。它的雙眼在黑暗中閃閃發光。

它晃動着拖在自己身後的鎖鏈。

它咆哮着，聲音仿佛來自陰曹地府……

「是誰……，竟敢來──擾──了我──的清夢……？趕緊離開這裏，如果你還想──看見──明天的太──陽──的話……再也──不要回來──……

再也不要──……再也不要──……」

我冷笑道：「哈──哈──哈哈哈哈哈哈！」

一塊小破布就妄想嚇倒我多愁·黑暗鼠嗎？

我有一種直覺……

我非但沒有逃跑，反而向前一步，一把抓住牀單，毫不猶豫地把它撕碎。

　　那個**幽靈**是**假的**！

　　牀單下面不過是一個結構複雜的金屬機械。

　　一個咪高風發出幽靈的聲音。

　　眼睛是**黃色的小燈泡**。

　　塑料鎖鏈上還掛着玩笑商店的小標籤。

　　我踢了那個東西一腳，它隨即倒在地上，發出廢鐵的

哈哈哈哈哈哈！

噪音。誰會費盡心思讓所有鼠遠離 **墓地後面的怪屋** 呢?

突然,卡夫卡發現了*什麼東西*。

它晃着鼻子四處聞氣味,然後飛快地朝着 **怪屋** 的酒窖奔去。

它在追蹤地上的痕跡!

痕跡很亂,好像有誰從什麼地方運來什麼重物似的。

嗯⋯⋯⋯,很詭異!!!

我獎勵我那英勇的蟑螂一根小骨頭:「卡夫卡,真能幹!繼續跟蹤!」

老鼠陷阱！

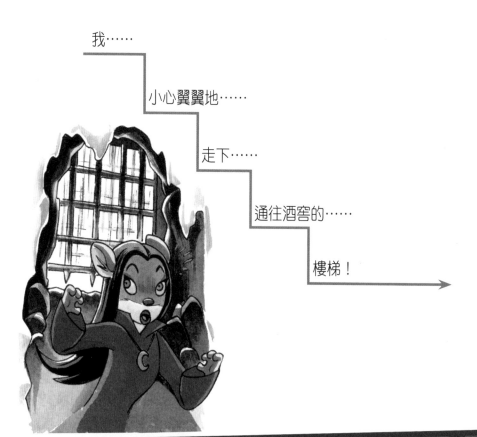

我……

小心翼翼地……

走下……

通往酒窖的……

樓梯！

我有一種**"不祥的預感"**……

太遲了！我剛剛踏進酒窖，身後沉重的鐵格門便關上了。

我掉進陷阱了！

我現在只能前進了。

我身處的通道穿過岩石，越走越 **窄**！

周圍——漆黑一片，只有個別蘑菇發着磷光。

好**潮濕**啊！

黴味 好臭啊！

各種蜘蛛和蠕蟲四處亂竄……

好**恐——怖** 的地方啊！

多愁日記

我隱約看見遠處有一線光亮。

現在，空氣越來越熱。

悶熱而**潮濕**，好像……在一個溫室中？？？

我睜大雙眼。

難——以置信！

那……

酒窖……

的……

通道……

剛好……

通往……

一個……

巨大的……

地下……

洞穴……

改造……

的……

溫室！

恐怖齒狀食肉花！

　　沿着牆壁有一**排**又一**排**、一**排**又一**排**、一**排**又一**排**、一**排**又一**排**、一**排**又一**排**、一**排**又一**排**、一**排**又一**排**、一**排**又一**排**、一**排**又一**排**、一**排**又一**排**、一**排**又一**排**、一**排**又一**排**、一**排**又一**排**、一**排**又一**排**、一**排**又一**排**、一**排**又一**排**……擺滿了花盆的木架！

　　花盆裏有那些令妙鼠城陷入恐慌的、長着藍色花瓣的植物！在溫室中央，是一隻手爪提着水壺、一隻手爪握着花鋤的繡球·花菊鼠！

　　「繡球！你在這裏做什麼？？？」

　　他看見我，大吃一驚，說：「噢——！！！多愁小姐！！！他們也把您綁架了嗎？」

　　我不以為然地笑道：「你在說什麼呢！！！綁架我？？？」

　　他這個念頭簡直太**可笑**了！

　　繡球**哆嗦**着低聲說：「可我就是被*他*從我的店裏強行拖來這裏的。*他*逼我培植**戰爭花**，一種新的植物，學名『*猛噬菊*』。」

　　我將指頭輕輕掠過一棵戰爭花。

　　她張開滿嘴尖牙的大嘴巴，想咬住我的指頭。

　　我非──常吃驚。

嗯……，很詭異：

　　通常，食肉植物對我都很友好！

　　繡球解釋道：

救命！

咔嚓！

「這種植物非——常好戰！我將幾種攻擊性強的植物雜交，才培育出這個新品種，其中有*帶刺洋薊、多刺野玫瑰*和*荊芥*！對了，您知道荊芥是什麼嗎？」

他翻開一篇關於植物的文章大聲讀道：「就是，就是，就是，找到了，我剛剛說，因此，所以……*荊芥：一種可以在花盆裏栽種的草本植物，散發一種近似於薄荷味的香味，非常受貓的喜愛……*」

我✂打斷✂他的話。

「我知道了。*荊芥*，俗名*貓薄荷*……掌握要領啦！」

繡球解釋道：「要讓試驗成功，我還需要另外一種獨一無二的稀世植物：**多刺**卻**罕見珍貴、任性**卻**深情無限、愛哭**卻**勇敢無畏、 嫵**

媚卻**不失優雅**、刁鑽卻**活潑可愛**、自負卻**幽默搞笑**、駭鼠卻**趣味十足**、詭異卻**神奇隱秘**、和樂卻**憂鬱感傷**、發黴卻**生機盎然**、肥厚卻**枝葉繁茂**、挑剔卻**充滿幻想**、**乳突狀蔓生植物**，而且……」

我 ✄ 打斷 ✄ 他的話：「總之，掌握要領啦！」

唉，這個繡球，真是喋喋不休啊！一旦開始說，就沒完沒了！

他越發神秘兮兮地小聲嘀咕道：「這種罕見的、稀有至極的植物，學名*恐怖齒狀食肉花*，也就是說……」

我 ✄ 打斷 ✄ 他的話：「也就是說，是我鍾愛的食肉植物**小憂**！」

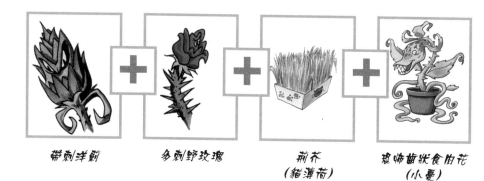

带刺洋薊　　　多刺野玫瑰　　　荊芥　　　恐怖齒狀食肉花
　　　　　　　　　　　　　　（貓薄荷）　　　　（小憂）

猛噬菊

呢啊姆納呢啊姆姆吉？

我喊道：「我要 **立刻** 見到小憂！」

繡球趕忙打開巨大的 **防盜** **隔音** 鐵門，裏面關着我最鍾愛的植物。他進去抱着小憂走出來。

小憂垂頭喪氣、一臉沮喪，可一看見我，就立刻開始舞動葉子，磨動她的小牙齒。

我立刻朝她跑過去。

「我好擔心你呀，**我的小毒花，我的心肝寶貝！**」

我開始跟她用花語對話……

「呢啊姆納呢啊姆姆吉？」

（譯文：你還好嗎，我的小寶貝？）

她嗚咽着說：「**姆呢納介納！**」

（譯文：我好想家啊！）

「嗚諾咪納！」

（譯文：別擔心啦！）

「嘿呢喔介咕！」

（譯文：帶我回家吧！）

我輕輕撫摸她帶刺的葉子。

「我的小寶貝，我來想辦法！我們很快就可以回家了。」

就在這時，我們聽到吱吱嘎嘎的刺耳聲：

「多麼**感鼠**的場面啊！不過很遺憾，多愁小姐，

要讓您失望了，因為您不能馬上從這裏離開！」

　繡球嚇得渾身發抖。

　「*他*來了，就是*他*！」

　我問：「*他*是誰？」

KK!

葉綠·綠色鼠！

我抬起頭看過去！

一隻**尖頭尖腦**、**瘦得皮包骨**的老鼠從高處石洞的陽台上探出頭來。

他一臉**奸詐狡猾**，目光像**蛇**一樣**邪惡**。

他的裝扮**可笑極了**！

他身披一件**蘋果綠**的綢緞斗篷！

穿着一身**豌豆綠**的緊身衣！

鬍子是**孔雀綠色**，像垂柳一樣長長地掛在兩邊！

甚至連他的毛也像仙人掌刺一樣又短又硬，呈**漸變的綠色**！

他彎下腰，鬍子拖到地面，恬不知恥地笑着說：「小姐，請允許我自我介紹一下。我是**葉綠・綠色鼠**，瓜子松陛下、常青樹男爵、『與樹為伴』公爵、『金葉』王子、『植物秘密綱目』大師。」

而您，可能還沒有發覺，您是⋯⋯

我的囚犯！嘿嘿！您明白了嗎？我的囚犯！」

我很想對他說……

「您哪裏像什麼大師，倒更像一個大白癡！」

「我覺得您的綠色緊身衣很可笑耶！」

「我很樂意幫您把鬍子一根一根拔下來，不打麻醉劑，噢，還有……」

但是我什麼也沒說。

我決定讓那隻「大青蟲」多說一會兒，以此贏得更多時間。

與此同時，我忙着在**波紗包**裏翻找手提電話！

於是我說道：「哦，您真的是大師嗎？是您率領**戰爭花**入侵妙鼠島的嗎？您一定非──常聰明吧！」

他很得意地咯咯傻笑起來。

「恭喜您，這麼快就明白我是天才了，對不對？實際上……」

他抬高聲音說：「我的計劃實現了！就在此時此刻，妙鼠城的所有居民都大門緊閉，躲在自己的家裏，因為害怕**戰爭花**大軍！

妙鼠城在我的掌控之中了！」

他尖聲說：「我是意外才生為老鼠的。我向來無法忍受我的同類！植物比鼠類要聰明可愛得多！」

是您率領戰爭花入侵妙鼠島的嗎？

嘿——嘿——嘿——！

　　最後，他扯着嗓子喊道：「我要將所有的鼠類從妙鼠城趕走。我要讓植——物——佔領妙鼠島！**植**物**復**仇的日子**近**——啦——……！」

先攻克妙鼠島，再征服全世界……屆時我會讓大自然佔領周圍，所有的生物都將落荒而逃！

TT (.) QSCDIC

^,,^ :-(VVB

我佯裝在認真聽他講話。

同時，我用花語小聲對小憂說……

「呢姆呢納呀略提姆姆咯，姆納呼咪！」

（譯文：我來分散葉綠的注意力，你去咬他！）

小憂低聲答道：「咿姆———！」

（譯文：遵命！）

突然，只聽「咔嚓」一聲，她已經咬住葉綠的小腿，小尖牙一直戳到骨頭上。

葉綠發出一聲**鬼魅的慘叫聲**：「哎啊啊啊啊啊啊啊啊啊啊啊啊啊啊！！！」

我乘亂趕緊給家裏發送一條代碼求救簡訊：

TT (.) QSCDIC

^..^ :-(VVB

訊息的意思如下：

TT	*多愁·黑暗鼠*
(.)	*被關在*
QSCDIC	*那個墓地後面的怪屋*
^..^	*有一隻危險的老鼠*
:-(	*我需要幫助*
VVB	*我愛你們*

葉綠・綠色鼠把我們三個都關在裝着 **防盜** 鐵門的房間裏。

他讓一隊兇猛的戰爭花留在房間裏監視我們。

不等他的腳步聲消失，我們便開始尋求逃生之計。

其實，有一扇小窗戶……但是，我們剛想走近窗子，戰爭花便開始咆哮，露出尖銳無比的牙齒威脅我們。

突然，我心生一計。

咔嚓！咔嚓！

我問繡球：「你對這些植物唱過歌嗎？」

「還真沒有，我 五音不全！」

「那也得對他們唱：植物對 **音樂** 極為敏感！我為了讓我們墓地裏的花兒具備浪漫 **憂傷** 的氣質，便對着

他們唱憂傷**懷舊**的旋律。或許這一招對**戰爭花**也能奏效！」

我喜歡對着我的植物唱歌！

TT (.) QSCDIC ^..^ :-(VVB

我開始唱一首悅耳的歌曲：

噢，英勇善戰的戰爭花，
讓我們望而生畏的守衛……
不要像蕁麻一樣仇視我們，
讓我們成為朋友！
戰爭對誰都毫無益處，
惟有和平能讓我們生活美好！

多愁日記

在悅耳的音樂感召下

戰爭花開始着迷地隨着歌曲的旋律一邊哼唱、一邊搖擺。

哼嗯嗯嗯……嗯嗯嗯……嗯嗯嗯嗯嗯嗯哼哼哼……

繡球吹起小口琴為我伴奏。

戰爭花彷彿完全沉浸在音符當中。

繡球激動地大叫：「真的管用耶！」

可是，他剛停下不唱，一棵戰爭花便咬住他的尾巴。

「**咔嚓！**」

我朝他投去**除草劑般咄咄逼人**的目光：「繡球，繼續吹你的口琴，如果不想有東西咬住你尾巴的話！」

我也繼續唱：

戰爭花，不要再咬，

和我們一起歌唱，一起歌唱……

和平萬歲，讓愛永生……

伴着和弦常駐我們心中！

　　小憂溫柔地伸出所有的葉子擁抱我，用葉子親吻我。

　　我輕聲對她說：「好啦，**小毒花**，我也很喜歡你啊，不過現在你要乖一點喔！」

　　我們爬出窗口，逃了出去。

　　這時，已經是第二天了……

葉綠，你完蛋了！

出來後，我們才發現黑暗鼠家族已

經把 **怪** **屋** 團團圍住。

我大聲喊道：「**葉 綠**，你完蛋

了！」

但此刻，*他* 正駕駛一架綠色直升機逃跑，還威脅着

葉綠， 你完蛋了！

嚷嚷：「沒完呢，黑暗鼠家族！**植**物**復**仇的日子**近**了！你們聯合起來吧！**戰爭花**萬歲！」

整個黑暗鼠家族把小憂團團圍住。炆燉鼠先生用奶瓶給她餵食**溫熱**的**燉品**。

「可憐的小傢伙，天曉得你有多餓呢！」

不過，有一個問題讓我非常擔憂。

總不能一直唱個不停，才能讓**戰爭花**保持平靜吧！

好在小憂想出一個辦法。

她對着戰爭花用**花語**喊道：「**納咪呢喔！呢啊咕摩摩吉嘎！**」（譯文：你們要乖！要聽媽媽的話！）

戰爭花全部聽話地低下了頭。

然後，他們都咂着嘴，送給她一個熱烈的飛吻：「**嘖啊！**」

葉綠， 你完蛋了！

繡球解釋道：「我用幾種植物和小憂雜交，才培育出現在這些戰爭花，因此他們把她當作……**媽媽！**」

管家鼠溫柔地撫摸着他們，說：

「歡迎你們來城堡找我們！你們在那裏可以和我們

姆嘎呢介！

（譯文：我愛你們！）

花園裏其他討鼠喜歡的植物一起玩耍。比如，貪吃的**食肉草莓**、陰險的**攀援絞殺樹**、令人惱火的**蕁麻**、危險的**三葉毒藤**、可怕的**腹瀉布衾**、臭氣熏天的**臭椰菜**，還有……」

心慌慌熱情地擁抱我說：「姑姑，很晚了！我記得你好像還有什麼事情要做的……」

對喔，我還得去為我的電影新作「墓地赤腳」領獎呢。

我趕緊跳上我的圖博拉比3000，歡歡喜喜地出發了！

多愁日記

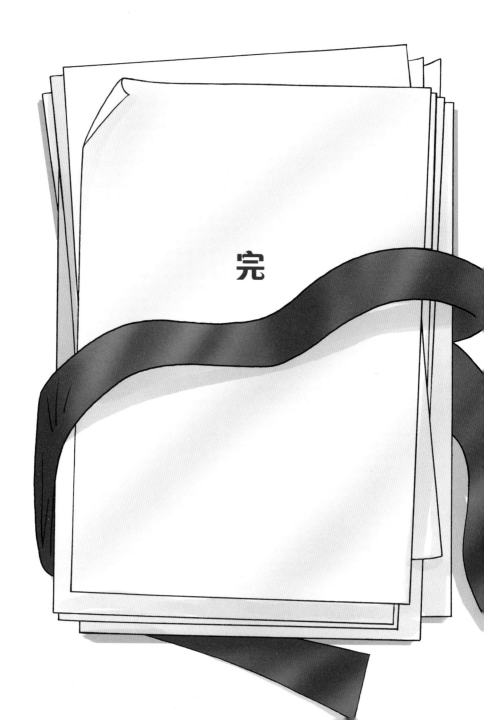

一場夢魘的終結……

我一口氣讀完多愁‧黑暗鼠荒謬不經的手稿。

當我讀完最後一頁，我抬起雙眼，發現已是**黎明時分**。

我看了整整一夜，甚至沒有**中斷過**……

這只能說：多愁的手稿寫得很**好**，真的很好！儘管我不願意承認這一點，但這卻是事實。

引人入勝、**神秘**、**搞笑**，而且**恐怖**得恰到好處……

總之，這正是我該寫給爺爺的那一類東西……

唉！

但是我卻寫不出來……**唉！唉！**

哪怕我拼盡全力！

嗚嘩！

這時，我辦公室的門打開了，爺爺馬克斯像一陣強有力的熱帶旋風，**突然出現**在辦公室裏。

「乖——孫——兒——……！」

「怎麼樣，乖孫兒，寫完了嗎？你寫出你的**恐怖書**了嗎？」

他看見我寫字桌上的稿紙，我還沒來得及用「**乳酪**」發誓，他就已經開始閱讀多愁的手稿。

他開始目不轉睛地翻閱，一邊看着，一邊作出越來越激動的評論：

「嗯⋯⋯」

「不錯⋯⋯」

「好好好⋯⋯」

「真的很好⋯⋯」

「我甚至敢說，真的非常好──

「簡直⋯⋯太出色了！」

然後，爺爺走到我面前，透過他的鋼架眼鏡看着我。我感到自己很渺小、很渺小……我開始冒**冷汗**：我很了解爺爺的那種表情……

　　只有在兩種情況下，他才會有那樣的表情：要麼是要對我吼ㄐㄧㄠ，要麼就是要告訴我什麼新的**花樣**。

我感到自己很渺小、很渺小……

這兩種情況對我來說都是災難！

爺爺故意稍稍**停頓**了一下（剛好可以讓我感到忐忑不安……），然後說：「我們得把話說清楚，乖孫兒，這可不是你**寫**的！」

「爺爺，我原本真的想告訴你，但是你沒有給我時間……」

「好吧，就算是……不管怎麼說，寫得真是很好。誰寫的？」

「我的一個……嗯……朋友。她叫**多愁・黑暗鼠**。」

聽到這裏，爺爺滿意地笑了。

「你的朋友？很好很好！乖孫兒，不錯，真會交朋友！」

她是一位天才作家！

……另一場夢魘的開始！

爺爺坐在**我**的椅子上，雙腳翹在**我**的寫字桌上：「那這件事情就好辦了！

現在，你去勸她和我們**簽訂**一份合約，乾脆勸她將以後的作品全部交由我們發表：我要獨家權！」

我尷尬得滿臉通紅，希望可以跟爺爺解釋情況有多麼**複雜**：「嗯，爺爺，有個問題。你看她……嗯……她認定自己是我的**女朋友**。但是，事實並非如此，我向你保證！」

他嚴肅地看着我說：「這樣更好，乖孫兒！你給她打電話，捧一束**玫瑰**過去，讓她簽合約！」

我很委屈地嚷道：「問題是：如果我給她打電話、給她送花，等等等等……

我就再也擺脫不了她了！」

爺爺毫不猶豫地給我拿起電話聽筒。

「你自己選：要麼自己給我寫一本恐怖書，要麼給那個多愁打電話。**現在**就打！」

我只得給多愁打了電話。

她半睡不醒地答道：「**小乖乖！**你清晨這個時間給我打電話，好浪漫喔！你是想聽

到我的聲音嗎？」

「我給你打電話真的純粹是為了工作……
我們想**出版**你的書，而且……」

她明白原委後，打斷我說：

「噢，先不要多講啦…… **好浪漫喔！**
你帶我去吃燭光晚餐，我們到那裏再細說，小
乖乖！」

隨即，她掛斷電話。我心想：「我**完蛋**
了，真的**完蛋**了！」

不過，這是另外一個故事了，我下次再講
給你們聽……

妙鼠城

1. 工業區
2. 乳酪工廠
3. 機場
4. 電視廣播塔
5. 乳酪市場
6. 魚市場
7. 市政廳
8. 古堡
9. 妙鼠岬
10. 火車站
11. 商業中心
12. 戲院
13. 健身中心
14. 音樂廳
15. 唱歌石廣場
16. 劇場
17. 大酒店
18. 醫院
19. 植物公園
20. 跛腳跳蚤雜貨店
21. 停車場
22. 現代藝術博物館
23. 大學
24. 《老鼠日報》大樓
25. 《鼠民公報》大樓
26. 賴皮的家
27. 時裝區
28. 餐館
29. 環境保護中心
30. 海事處
31. 圓形競技場
32. 高爾夫球場
33. 游泳池
34. 網球場
35. 遊樂場
36. 謝利連摩的家
37. 古玩區
38. 書店
39. 船塢
40. 菲的家
41. 避風塘
42. 燈塔
43. 自由鼠像
44. 史奎克的辦公室

老鼠島

1. 大冰湖
2. 毛結冰山
3. 滑溜溜冰川
4. 鼠皮疙瘩山
5. 鼠基斯坦
6. 鼠坦尼亞
7. 吸血鬼山
8. 鐵板鼠火山
9. 硫磺湖
10. 貓止步關
11. 醉酒峯
12. 黑森林
13. 吸血鬼谷
14. 發冷山
15. 黑影關
16. 吝嗇鼠城堡
17. 自然保護公園
18. 拉斯鼠維加斯海岸
19. 化石森林
20. 小鼠湖
21. 中鼠湖
22. 大鼠湖
23. 諾比奧拉乳酪峯
24. 肯尼貓城堡
25. 巨杉山谷
26. 梵提娜乳酪泉
27. 硫磺沼澤
28. 間歇泉
29. 田鼠谷
30. 瘋鼠谷
31. 蚊子沼澤
32. 史卓奇諾乳酪城堡
33. 鼠哈拉沙漠
34. 喘氣駱駝綠洲
35. 第一山
36. 熱帶叢林
37. 蚊子谷

《鼠民公報》大樓

1. 正門
2. 印刷部（印刷圖書和報紙的地方）
3. 會計部
4. 編輯部（編輯、美術設計和繪圖人員工作的地方）
5. 謝利連摩·史提頓的辦公室
6. 直升機坪

老鼠記者

親愛的鼠迷朋友，
　　下次再見！

謝利連摩・史提頓

Geronimo Stilton